Vente du Mercredi 25 Janvier 1911

(HOTEL DROUOT)

Commissaire-Priseur : Me **ANDRÉ DESVOUGES**

CATALOGUE

DE

COSTUMES MILITAIRES

FRANÇAIS ET ÉTRANGERS

PROVENANT DE LA BIBLIOTHÈQUE DE M. LE Bon D*** DE N***

—

RECUEILS, SUITES

ESTAMPES DÉTACHÉES, AQUARELLES

LIVRES

PARIS

LIBRAIRIE HENRI LECLERC

219, RUE SAINT-HONORÉ, 219

ET 16, RUE D'ALGER

1911

CATALOGUE

DE

COSTUMES MILITAIRES

LA VENTE AURA LIEU

Le Mercredi 25 Janvier 1911

A 2 heures précises

HOTEL DES COMMISSAIRES-PRISEURS, 9, RUE DROUOT

SALLE No 7

Par le ministère de Me **ANDRÉ DESVOUGES**, commissaire-priseur

26, RUE GRANGE-BATELIÈRE, 26

Successeur de Me Maurice DELESTRE

Assisté de **M. HENRI LECLERC**, libraire

219, RUE SAINT-HONORÉ, 219
ET 16, RUE D'ALGER

CONDITIONS DE LA VENTE

La vente se fait au comptant.

Les acquéreurs paieront 10 pour 100 en sus des enchères.

Les livres vendus devront être collationnés dans les vingt-quatre heures de l'adjudication. Passé ce délai, ils ne seront repris pour aucune cause.

M. LECLERC se réserve la faculté, dans l'intérêt de la vente, de réunir ou de diviser les numéros du catalogue. Il remplira les commissions qu'on voudra bien lui confier.

CATALOGUE

DE

COSTUMES MILITAIRES

FRANÇAIS ET ÉTRANGERS

PROVENANT DE LA BIBLIOTHÈQUE DE M. LE B^on^ D*** DE Y***

RECUEILS, SUITES
ESTAMPES DÉTACHÉES, AQUARELLES
LIVRES

PARIS
LIBRAIRIE HENRI LECLERC
219, RUE SAINT-HONORÉ, 219
ET 16, RUE D'ALGER

1911

I. — GÉNÉRALITÉS

Armées de divers pays.

1. ARMÉES D'EUROPE. Réunion de 7 vol. in-4, in-8 et in-12, cartonn. toile rouge.

Armée wurtembergeoise. Réunion de 9 chromolithographies à nombreux personnages, avec légendes en allemand. — Kuhn (Gustav). Uniformen der deutschen Armee, 10 planches d'imagerie populaire. — Arnim (Lt. Hans von). Garnison-Karte der deutschen Armee, 1888. — Die Uniformirung des K. K. Heeres. *Leipzig, s. d.*, schéma collé sur toile et plié. — Garnison-Karte der deutschen Armee. *Leipzig, Ruhl*, 1887. — Soldaten aller Staaten Europas. *Berlin, Toussaint, s. d.*, 15 chromolithographies se dépliant. — Album militaire. Recueil de 30 chromolithographies à nombreux personnages de costumes militaires à différentes époques.

2. ARMÉES DIVERSES. Réunion de 22 planches diverses gravées ou lithographiées, en noir et coloriées ; de formats différents.

Armée suisse, grande lithographie d'après *Moraine*. — Mameluk en habit de guerre à cheval, belle pièce gravée et coloriée. — 9 planches de la collection Jacquemin. — 4 lithographies d'après *Vernier*. — Militaires danois, pièce gravée et coloriée, publiée à Nuremberg, chez Campe, etc., etc.

3. ARMÉES DIVERSES. Réunion de 30 pièces gravées et coloriées, dont 3 aquarelles, de divers formats, réunies en un album in-4 oblong, dos et coins chagrin rouge, plats toile.

Intéressant recueil, contenant : Cosaques (garde, officier, soldat), pièce gravée et coloriée. — Soldats anglais, artillerie et cavalerie françaises, artillerie et infanterie autrichiennes, 6 pièces par *Seele*, gravées par *Ebner* et coloriées. Elles sont de divers formats. — Militaires français (1808) par *Geissler*, pièce gravée et coloriée. — Soldats espagnols, pièce de *Hentzy*, gravée et coloriée. — Marine anglaise (1808), pièce de *Ramberg*, gravée par *Geissler*, coloriée. — Amiral de la marine anglaise, 1800, pièce gravée et coloriée. — Membre du Directoire dans son costume ordinaire, pièce gravée et coloriée. — Soldats français de l'époque révolutionnaire, suite de 8 pièces gravées et coloriées, numérotées 1 à 8. — Grenadier français, petite aquarelle. — Etudes de chevaux, 2 pièces gravées et coloriées, numérotées 3 et 4, sur une seule planche. — Garde du corps saxon (1806), aquarelle rehaussée de gouache. — La garde noble hongroise de Sa Majesté l'Empereur en gala, pièce par *Kallaus*, gravée et coloriée. — Portrait de Frédéric II, lithographie coloriée, d'après *A. Fricke*; publiée à Leipzig. — Aquarelle de *Tischbein*, datée du 18 octobre 1788, représentant un cavalier. — Lancier de la Garde Royale française, pièce gravée à la manière du lavis par *Levachez*, d'après *C. Vernet*, coloriée. — Grenadiers russes, pièce gravée et coloriée, publiée à Augsbourg, par Mart. Engelbrecht. — Le duc de Brunswick-Oels, se trouvant en Espagne avec la légion noire, donne ses ordres pour l'assaut, pièce gravée par *Heischmann*, coloriée, publiée à Nuremberg, par Campe (légende en allemand).

4. ARTARIA (Chez). L'Entrée des puissances coalisées à Paris le 31 mars 1814. *Vienne, chez Artaria et Comp., s. d.*, in-fol. en largeur.

Belle pièce gravée à l'eau-forte et coloriée. Légende en allemand et en français.

Epreuve à toutes marges.

5. CENNI (Q.). Eserciti d'oltre mare, schizzi militari raccolti e disegnati Q. Cenni. *Milano, A. Vallardi, s. d.*, in-fol. oblong, monté sur onglets, demi-rel. bas. bleue.

Couverture en chromolithographie et 12 lithographies coloriées à nombreux personnages, à pied et à cheval, représentant les uniformes des armées des pays d'outremer (Siam, Chine, Japon, Afrique, Amérique, etc., etc.).

6. CENNI (Q.). Eserciti europei, schizzi militari. Raccolti e disegnati da Q. Cenni. *Milano, Vallardi, s. d.* (1880), in-fol. oblong, monté sur onglets, cartonnage dos et coins toile rouge.

Titre et 18 lithographies coloriées, à plusieurs personnages, à pied ou à cheval.

7. DERO-BECKER (Chez). Galerie militaire. Collection des costumes militaires de toutes les nations. *A Paris, chez Dero-Becker, lithogr. de Coulon, Rigo frères et autres. — A Paris, maison Martinet, s. d.*, 3 vol. in-4, demi-rel. mar. rouge.

Collection de 385 lithographies coloriées.

« Cette suite, publiée par Dero-Becker, reproduit assez fidèlement les planches de diverses collections, telles que celles d'*Eckert* et *Monten* pour les armées allemande, autrichienne et russe, de *Hull* pour l'armée anglaise, etc., etc. Un certain nombre de planches ont d'ailleurs été faites spécialement pour la *Galerie militaire*, par *V. Adam, Bour, David, Bastin*, etc. » (*Catalogue de costumes militaires*, pp. 107-122).

Les pl. 301 à 391, de la collection de Dero-Becker, ont été publiées par la maison Martinet.

Les planches 51, 99, 138, 186, 191, 202, 208, 226, 388, 389 et 391 manquent, les planches 15, 48, 63, 346 et 347 sont doubles avec variantes dans le coloris. Une planche est doublée.

On y a joint 6 couvertures de livraisons.

L'ordre numérique n'a pas été suivi, les planches ont été classées par nation.

La partie concernant les armées françaises est dereliée.

8. ECKERT et MONTEN. Saemmtliche Truppen von Europa in characteristischen Gruppen nach dem Leben gezeichnet vom Schlachtenmaler Dietrich Monten in München. *Herausgegeben u. verlegt v. Christian Weiss in Würzburg in Bayern, s. d.* (vers 1835), 6 vol. in-4, montés sur onglets, demi-rel. chagrin rouge, plats toile.

Collection de 596 lithographies coloriées à plusieurs personnages, dont voici le détail :

Autriche : 1 couvert. servant de titre, 2 ff. de table, 4 pl. de schéma et 45 lithogr. — Prusse : 9 pl. de schéma et 41 lithogr. — Bavière : 1 dédicace, 2 pl. de schéma et 37 lithogr. — Wurtemberg : 1 titre et 30 lithogr. — Bade : 1 titre et 21 lithogr. — Nassau : 1 titre et 11 lithogr. — Hanovre : 1 titre et 21 lithogr. — Brunswick : 1 titre et 14 lithogr. — Mecklembourg-Schwerin : 1 titre et 18 lithogr. — Mecklembourg-Strelitz : 2 lithogr. — Oldenbourg : 8 lithogr. — Holstein : 1 titre et 13 lithogr. — Hambourg, Brème, Lubeck : 11 lithogr. — Francfort : 4 lithogr. — Lippe-Detmold : 4 lithogr. — Lippe-Schaumbourg : 2 lithogr. — Waldeck : 2 lithogr. — Saxe : 1 titre et 23 lithogr. — Saxe-Altenbourg : 3 lithogr. — Anhalt : 4 lithogr. — Saxe-Cobourg-Gotha, Saxe-Weimar, Saxe-Meiningen : 10 lithogr. — Schwarzbourg : 4 lithogr. — Reuss : 4 lithogr. — Hohenzollern : 3 lithogr. — Hesse : 1 dédicace et 42 lithogr. — Suède : 1 titre et 38 lithogr. — France : 1 titre, 1 schéma et 16 lithogr. — Suisse : 1 titre et 14 lithogr. — Russie : 30 schémas et 105 lithogr.

9. ENGELBRECHT (Martin). [Uniformes des diverses armées européennes, 1800-1808]. *Augsburg, bei Mart. Engelbrecht,* in-4 oblong, monté sur onglets, demi-rel. chagrin bleu, tête dor.

Collection de 25 planches gravées et coloriées, à plusieurs personnages, représentant des uniformes militaires français (4 pl. dont 1 représente les Polonais et mameluks au service de la France), russes (4), autrichiens (2), espagnols (3), corses (1), anglais (2), badois (1), wurtembergeois (1), danois (1), suédois (1), hollandais (1), prussiens (2).

Ce recueil est différent de celui qui figurait à la vente des 21-29 novembre 1910.

10. FINART. Recueil des principaux costumes militaires des armées alliées, auxquels seront joints les uniformes des troupes françaises. *A Paris, chez Galignani, Bance, etc.,* 1816, in-4, en feuilles.

Ouvrage resté inachevé ; il se compose de 3 livraisons de texte et de 36 belles planches gravées à l'eau-forte et coloriées.

Troupes russes, 12 planches. — Troupes anglaises, 12 planches. — Troupes prussiennes, 12 planches.

Il manque le texte des 2e et 3e livraisons; la planche 17 est en noir avant la lettre, et quelques planches sont plus courtes de marges que les autres.

11. GENTY (Chez). Premier (deuxième et troisième) tableau comparatif des principaux corps militaires européens en 1815. *A Paris, chez Genty, s. d.*, in-fol. en largeur, en feuilles.

Suite complète de trois planches gravées et coloriées, représentant chacune plusieurs personnages à pied : grenadiers, officiers d'infanterie, dragons.

Très intéressante suite fort bien exécutée et rare.

Les premier et troisième tableaux sont coloriés; le deuxième est en noir et plus court de marges que les deux autres.

12. HEICKE (Jos.). Oesterreichische und russische Truppen aus dem Ungarischen Feldzuge 1849. *Wien, bei L. T. Neumann*, 1849, in-4, monté sur onglets, cartonn. toile rouge, titre sur le premier plat.

16 lithographies (2 suites de 8 pl.) coloriées de costumes militaires autrichiens, russes et croates.

La première série de planches est précédée du titre suivant : Seressaner und Croaten gezeichnet von Jos. Heicke. *Wien, bei L. T. Neumann.*

Le titre du recueil, que nous donnons ci-dessus, n'est pas dans le volume.

13. LEGRAS (Chez). Etudes de types militaires. *Paris, Legras, s. d.*, 2 vol. in-fol., demi-rel. bas. rouge.

Réunion de 112 chromolithographies à un personnage à pied ou à cheval de types militaires français et étrangers.

53 planches sont en feuilles.

14. MARTINET (Chez). Armées des souverains alliés, 1814-1815. *A Paris, chez Martinet, s. d.*, in-fol. en largeur, en feuilles.

Suite de 14 planches gravées à l'eau-forte par *Godefroy* et coloriées, dont voici le détail : *Officiers et soldats de l'armée russe*, 2 pl. — *Officiers de l'armée prussienne.* — *Officiers de l'armée anglaise.* — *Discipline militaire du Nord.* — *Régiments écossais.* — *Officiers supérieurs de l'armée anglaise.* — *Officiers de l'armée autrichienne.* — *Troupes autrichiennes.* — *Militaires russes.* — *Soldats autrichiens.* — *Soldats de l'armée prussienne.* — *Les valets de chambre russes faisant la toilette de leur jeune officier.* — *Les souverains alliés à Paris.*

Belle série qui se compose de 18 planches, dont nous avons les nos 1 à 12, 17 et une planche sans numéro.

3 planches sont un peu plus courtes de marges que les autres planches qui sont à toutes marges.

15. MARTINET (Chez). Troupes étrangères (1er Empire). *A Paris, chez Martinet, s. d.*, in-8, en feuilles.

Réunion de 33 planches gravées par *Maleuvre* et coloriées, représentant les uniformes des différentes armées étrangères sous le premier Empire. En voici le détail : Angleterre, 3 pl. — Bavière, 4 pl. — Prusse, 3 pl. — Autriche, 5 pl. — Espagne et Portugal, 5 pl. — Russie, 9 pl. — Armées diverses, 4 pl.

La plupart des planches sont coupées au cadre et remontées, et 3 sont en noir.

16. NOVELLI (Fr.). Campement des françois en Egypte, commandés par le général Bonaparte, pièce gravée par Zancon. — Campement de volontaires anglois, visités par Pitt, pièce gravée par Ang. Zaffonato. — Campement des Autrichiens au Rhin, commandés par l'archiduc Charles, pièce gravée par Ang. Zaffonato. — Campement des Russes en Italie, commandés par le général Souworoff, pièce gravée par Cajetan Venzo. — 4 planches gravées et coloriées, in-fol. en largeur.

Belles épreuves à toutes marges.

Ces pièces représentent, sous forme de tableaux, les uniformes militaires russes, autrichiens, anglais et français.

17. PFORR. Den kriegt ihr nicht. *Frankfurt a. M., J. G. Reinhenner*, 1819, in-fol. en largeur.

Lithographie coloriée, représentant une scène militaire entre cavaliers français et autrichiens à l'époque de la Révolution.

On y joint : 2 lithographies coloriées du même genre, représentant des scènes de combat entre cavaliers français et autrichiens à l'époque du premier Empire ; elles sont coupées au cadre.

18. SAINT-FAL. Costumes militaires, 1815. *A Paris, chez Noel, s. d.*, 10 pièces in-fol. en largeur, en feuilles.

Réunion de 10 planches à plusieurs personnages, gravées par *Alix*, d'après *Saint-Fal*, et coloriées ; elles sont numérotées de 1 à 12 (les pl. 8 et 9 manquent). La série complète renferme 14 pl.

La planche 4 est courte de marges et la pl. 12 a une forte cassure dans la marge. Toutes les autres planches sont à toutes marges.

19. SEELE. Französischer Vorposten, pièce gravée par Kuntz. — K. K. Oesterreichischer Vorposten, 2 pièces in-4 en hauteur.

Belles pièces gravées et coloriées ; la première est grande de marges, la seconde, est coupée au cadre et sans nom d'artiste.

20. SEELE. Spielende Franzosen. — Spielende Kayserliche. *Stuttgart, Ebner, s. d.*, 2 pièces gravées par C. Kuntz, coloriées, in-4 en largeur.

Belles épreuves à grandes marges.

21. SEELE et KAUFMANN. Kayserlich türkische Infanterie. — Kayserlich (europäische) türkische Cavallerie. — Kayserlich königliche (oesterreichische) Infanterie. — Königlich bayrischer General der Cavallerie, 1821, 4 pièces in-fol. en hauteur.

Dessins à l'aquarelle assez grossiers de *Jobler*, d'après les originaux de *Seele* et *Kaufmann*. Ces dessins, à plusieurs personnages, sont plus grands que les originaux gravés.

22. SEELE, VOLZ, EBNER, etc. [Charackteristiche Darstellung der vorzüglichsten europäischen Militairs]. *Augsburg, in der k. k. pr. Akademischen Kunsthandlung, s. d.* (1802-1810), in-4, en feuilles.

Réunion de 22 planches diverses de cette collection ; elles sont gravées en taille-douce et coloriées ; elles sont de marges inégales, sept sont coupées au cadre et remontées.

23. VERNET (Carle). Collection de costumes dessinés d'après nature par Carle Vernet et gravés par Debucourt. *A Paris, chez Bance, s. d.* (1814-1820), in-fol. en hauteur.

Réunion de 14 planches gravées à la manière du lavis et coloriées ; en voici le détail :

Mameluck. — *Mameluck Porte-Etendard.* — *Le Kalmuck.* — *Cosaque irrégulier portant des dépêches.* — *Cosaque régulier de la Garde.* — *Houssard autrichien.* — *Uhlan prussien.* — *Cuirassier prussien.* — *Officier de Dragons danois.* — *Houssard anglais.* — *Garde national à cheval* (Toutes ces pièces sont coupées au cadre). — *Cuirassier français* (petites marges). — *Artilleur anglais.* — *Houssard français.*

Toutes ces planches sont montées sur bristol bleu, dans un encadrement à la Glomy.

24. VERNET (Carle). Collection de costumes dessinés d'après nature par Carle Vernet et gravés par Debucourt. *A Paris, chez Bance, s. d.* (1814-1820), in-fol. en hauteur.

Très belle réunion de 16 planches, gravées à la manière du lavis et coloriées, donnant surtout la reproduction de costumes militaires français et des alliés, pendant leur séjour à Paris.

Artilleur et chasseur anglais (coupée au cadre). — *Rencontre d'officiers anglais* (coupée au cadre). — *La partie de plaisir.* — *Militaires anglais* (coupée au cadre). — *Marche d'officiers anglais.* — *Officiers anglais et écossais* (coupée au cadre). — *Militaires écossais* (coupée au cadre). — *Famille écossaise.* — *Tambours russe et anglais.* — *Officiers prussiens.* — *La marchande de coco* (petites marges). — *Militaires de la Garde impériale russe et allemande.* — *Cosaques au bivouac* (coupée au cadre). — *Le Cosaque galant* (coupée au cadre). — *Adieux d'un russe à une parisienne.* — *Officier anglais se rendant à une partie de plaisir* (cette pièce est en noir).

Toutes ces pièces (sauf 2) sont montées sur bristol gris, dans un encadrement à la Glomy.

On y joint deux doubles, en noir, de la pièce intitulée » *La Partie de plaisir* ».

Ens. 18 pièces.

II. — FRANCE.

25. ADAM (Albert). Voyage pittoresque et militaire de Villenberg en Prusse, jusqu'à Moscou fait en 1812, pris sur le terrain même et lithographié par Albert Adam. *A Munic, chez Hermann et Barth*, 1827, in-fol., dos et coins chagrin noir, tr. jasp.

Ouvrage rare comprenant un texte, un titre avec portrait de l'artiste, les portraits de Napoléon Ier et des princes Eugène et Murat, et 98 lithographies par *A. Adam*.
L'auteur était attaché au service du prince Eugène.

26. AMBERT (Joachim). Esquisses historiques des différents corps qui composent l'armée française, par Joachim Ambert. Dessiné par Charles Aubry. *A Paris, A. Degouy*, 1835, in-fol., dos et coins mar. rouge à longs grains, tr. jasp. (*Rel. de l'époque*).

Titre lithographié, texte avec vignettes sur bois et 16 lithographies dans des encadrements représentant des scènes militaires.

26 *bis*. ARMÉE FRANÇAISE. 3 vol in-4 et pet. in-8, cartonn. toile ou demi-toile rouge.

Balleydier (Alph.). Histoire de la Garde républicaine, illustrée par Jules David. *Paris, Martinon*, 1848. — Beauvoir (Roger de). L'Armée française, annuaire illustré pour 1895. *Paris, Plon*, 1895. — Carte de la répartition et de l'emplacement des troupes de l'armée française pour l'année 1888. *Paris, Le Soudier*, 1888.

27. ARMÉE FRANÇAISE. Premier empire. Réunion de 51 dessins à l'encre de Chine et à la sépia, sur 4 planches in-fol.

Curieux dessins, d'une bonne exécution, représentant les divers types de l'armée française à l'époque du premier Empire : Garde Impériale, infanterie légère, cuirassiers, tambours, trompettes, cimbaliers, sapeurs, artilleurs, gendarmes, etc., etc. Chaque dessin est accompagné d'une légende manuscrite.

28. ARMÉE FRANÇAISE à différentes époques. Réunion de 12 dessins et planches diverses, lithographiées ou gravées et coloriées.

Cuirassier et hussard du premier Empire, 2 aquarelles. — Soldats aux Gardes suisses, 1692, aquarelle. — Houlan favori du maréchal de Saxe en 1745, aquarelle. — Dragon de la Morlière à cheval, par *Bar*, pièce gravée. — Troupes de l'Empire français, par *Opitz*. — Chevau-léger de la garde du Roi, pièce gravée par *Debucourt*, d'après *Vernet*, etc., etc.

29. ARMÉE FRANÇAISE : Réunion de 30 lithographies noires et coloriées, in-4.

5 planches d'après *Carle Vernet* (cavaliers de 1815 à 1830). — 14 planches d'après *H. Bel'angé* (garde royale, chasseur à cheval, garde national, etc., etc.). — 4 planches d'après *Lalaisse* (uniformes du second Empire). — 4 planches publiées chez Martinet-Hautecœur. — 3 planches de la *Galerie militaire* de Dero-Becker.

29 *bis*. BASSET (Chez). Troupes françaises (Restauration). *A Paris, chez Basset, s. d.*, in-8, en feuilles.

Réunion de 31 planches gravées et coloriées.
La planche *Garde royale. Timbalier des lanciers* s'y trouve deux fois, avec variantes dans le coloris ; et l'une des planches *Garde du corps* s'y trouve trois fois, avec variantes pour 3 compagnies).
Marges inégales : quelques planches sont remontées.

30. BASTIN (F.). Uniformes français [sous Napoléon Ier, la Restauration et Napoléon III]. *A Paris (Maison Martinet), Hautecœur frères, Imp. Villain, s. d.*, in-fol. en largeur, en feuilles.

Suite complète de 12 lithographies coloriées, à plusieurs personnages à pied et à cheval.
La planche 10 est de la réimpression de 1886.
Les planches 2 et 8 sont en noir.

31. BATAILLES : Réunion de 4 planches gravées, dont 1 coloriées, in-fol. en largeur.

Bataille d'Austerlitz pièce gravée par *Volz*, coloriée (sans marges). — Passage du Pont de Lodi, Délivrance de la Corse, Victoire de Marengo, 3 pièces par *Carle Vernet*, gravées par *Duplessi-Bertaux*.
On y joint : 8 planches des « *Campagnes des Français* » ; elles sont en épreuves AVANT la lettre ; les légendes sont écrites au crayon.
Ens. 12 pièces.

32. BAUDOUIN (S. R.). Exercice de l'infanterie françoise ordonné par le Roy, le VI may 1755, dessiné d'après nature dans toutes ses positions et gravé par S. R. Baudouin. *S. l. (Paris)*, 1757, in-fol., dos et coins mar. vert, tr. jasp. (*Rel. mod.*).

Titre gravé par *Baudouin*, d'après *Bouchardon*, avertissement et 63 planches, dont un frontispice, gravées par *Baudouin*, 9 ff. gravés d'explications et de table.
Exemplaire grand de marges et bien conservé.

33. BELLANGÉ. Uniformes de l'armée française, depuis 1815 jusqu'à nos jours. *A Paris, chez Gihaut, Lithogr. de Villain, s. d.*, in-4, en feuilles.

Collection de 106 lithographies coloriées.
Il manque le frontispice et les planches 6, 12, 66, 69, 71, 73, 80,

90, 103, 104, 106, 107, 110 à 116. Les planches 19, 20, 32, 40, 41, 44, 76, 83 et 88 sont en double, avec variantes dans le coloris.
Quelques planches sont courtes de marges.

34. BELLEVAL (René de). Du costume militaire des Français en 1446. *Paris, Aubry,* 1866, in-4, dos et coins cuir de Russie, tête dor., non rogné.

Ouvrage imprimé sur papier vergé, orné de 7 lithographies en noir.

35. CANU. Troupes françaises. Restauration. *A Paris,* 1816, gr. in-8, en feuilles.

Réunion de 5 planches dessinées et gravées par *Canu,* et coloriées.
En voici le détail :
Maison du Roi, Cent-Suisse. — Garde de la Prévoté. — Garde royale. Suisse, Infanterie, fusilier. — Gendarmerie des Chasses royales. — Cavalerie de ligne. Éclaireurs.
Deux sont courtes de marges.
On y joint une planche publiée par *Noel* : Suisse, fusilier, 2e régiment.

35 *bis.* CANU. Troupes françaises. Restauration. *A Paris,* 1816, gr. in-8, en feuilles.

Réunion de 43 planches gravées et coloriées.
On y joint les trois planches doubles suivantes, avec variantes dans le coloris : *Garde royale. Suisse, infanterie, fusilier. — Garde royale. Tambour-major. — Garde royale. Infanterie. Chasseur,* et la planche suivante publiée par la veuve Turgis, successeur de Canu : *Garde Royale. Chasseur à cheval.*
Les deux planches suivantes, que nous possédons, ne sont pas décrites au « Catalogue des costumes militaires ». *Maison du roi. Gardes à pied ordinaires du corps du Roi. — Cavalerie de ligne. Chasseurs du Cantal.*
7 planches sont à toutes marges ; les autres sont courtes et montées sur papier vergé.
Ens. 47 planches.

36. CHARLET. [Suite de dessins à la plume à l'usage des Ecoles spéciales des Ponts et Chaussées de Metz, d'Etat-Major, Polytechnique, militaires et autres]. *Paris, chez Gihaut frères, s. d.* (1839), in-fol., en feuilles.

Réunion de 20 lithographies en noir, tirées sur Chine (PREMIER TIRAGE) ; elles sont numérotées 16, 17, 19, 20, 23 à 34, 39 à 41 et 47 (voir La Combe, *Charlet,* nos 1001 à 1055).
On y joint : 7 lithographies diverses, dont 1 coloriée, des « *Costumes de l'ex-garde impériale* », publiées chez Delpech en 1819-1820.

37. COSTUMES MILITAIRES FRANÇAIS A DIFFÉRENTES

EPOQUES. Réunion de 37 lithographies coloriées, de formats divers.

3 planches de l'ouvrage de *Marbot* et *de Noirmont*. — 1 planche représentant le cortège officiel lors de la réunion de Mulhouse à la France. — 2 planches par *Dachery* (hussards du 1er Empire). — 1 planche. La jeune armée, par *V. Adam*, 15 sujets sur la même planche, etc., etc.

38. DESCRIPTION DE QUELQUES CORPS composant les armées françoises par un témoin oculaire. *Leipzig, bei Friedrich August Leo*. 1794, in-4, oblong, cartonn. toile rouge, non rogné.

Titre, 10 pp. de texte, imprimé à deux colonnes, en français et en allemand et 3 planches gravées en taille-douce et coloriées, représentant 10 personnages à pied ou à cheval (dragons, chasseurs à cheval, garde nationale, grenadiers, hussards, etc.).

Exemplaire bien complet d'une plaquette très rare.

39. DUPLESSI-BERTAUX. Suite de militaires de différentes armes. *S. l. n. d.*, album in-8, monté sur onglets, demi-rel. chagrin rouge, plats toile.

Suite complète de 12 petits sujets gravés à l'eau-forte, représentant des uniformes militaires du premier Empire ; ils sont montés sur bristol bleu.

On a relié avec cette suite :

« COSTUMES MILITAIRES FRANÇAIS », *s. l.*, 1820, collection de 24 sujets gravés à l'eau-forte, signés D. L. D., copiés d'après *Charlet*.

40. EISEN. Nouveau recueil des troupes qui forment la garde et maison du roy, avec la date de leur création, le nombre d'hommes dont chaque corps est composé, leur uniforme et leurs armes. Dessiné d'après nature par Eisen. *A Paris, chez la Vve de F. Chereau*. 1757, in-fol., demi-rel. veau fauve (*Rel. mod.*).

Recueil rare, comprenant : 1 titre gravé par *Lebas*, 1 dédicace gravée dans un beau cadre et 13 planches gravées par *Pitre*, *Chevillet*, *de Ferht*, d'après *Eisen*.

Taches à quelques planches.

41. ÉTUDES DE CHEVAUX. Réunion de 5 planches, dont 4 lithographiées et 1 gravée.

Cheval français, d'après *H. Vernet*, chevaux des Ardennes, normand, des Pyrénées, d'après *V. Adam*.

On y joint : 4 lithographies de la *Galerie des militaires français* représentant différents faits d'armes, et 1 lithographie coloriée, d'après *Lalaisse*.

Ens. 10 pièces.

42. GARDE NATIONALE. Réunion de 32 dessins à l'encre de Chine, relevés de sépia sur 4 feuilles in-4 en largeur.

Chaque feuille contient 8 dessins représentant : des trompettes en grande tenue d'hiver, des tambour-major en grande tenue d'été, des sergents de chasseurs en grande tenue d'hiver et des tambours de chasseurs en grande tenue d'hiver, dans différentes attitudes.

43. GARDES D'HONNEUR en grand costume formés à Nantes pour la réception du grand Napoléon. *Se vend à Nantes au bourg fumé n° 15, et chez les marchands d'estampes,* in-4, en hauteur.

Pièce rare, gravée à l'eau-forte et coloriée, représentant 2 personnages, dont l'un est à cheval.
Petite cassure réparée.

44. GAUTIER (Chez). Maison militaire du Roi (1814). *A Paris, chez Gautier, s. d.,* 2 pièces gravées et coloriées, in-fol. en hauteur.

Mousquetaire noir en grand uniforme. — Gendarme en grand uniforme.
Ces deux belles planches donnent tous les détails du costume avec beaucoup de précision (*Catalogue de costumes militaires,* p. 501).
Épreuves à toutes marges.

45. GAUTIER (Chez). Troupes françaises : garde du corps du Roi et du comte d'Artois. Premier rég[t] de chasseurs du Roi. Carabinier et hussard du Roi (1816). *A Paris, chez Gautier, s. d.,* in-fol. en largeur.

Belle pièce très rare, gravée et coloriée ; non décrite au *Catalogue de costumes militaires.*

46. GENTY (Chez). Tableau des nouveaux uniformes des troupes françaises en 1816. Infanterie de la Garde Royale. *A Paris, chez Genty, s. d.,* pièce gravée et coloriée. — Départ (Le) des Quatre fils Aymon, caricature gravée et coloriée représentant un garde du corps, un mousquetaire, un gendarme et un chevau-léger de la Maison du roi, sur un cheval allant au galop. — Troisième régiment suisse au service de la France (Premier Empire), lithographie coloriée représentant un grenadier, un fusilier, et un chasseur à pied. — Ens. 3 pièces in-4. en largeur.

47. GENTY (Chez). Troupes françaises. 1815 et 1816 (Empire et Restauration). *A Paris, chez Genty, s. d.,* in-4. en feuilles.

De la série 1815, nous possédons 12 planches gravées et coloriées (sur les 16 décrites) ; il nous manque le frontispice et les pl. 5, 6, 10 et 21. — Nous y joignons un double en noir de la planche 3. — Épreuves à toutes marges, sauf la planche 11 qui est un peu plus courte.
De la série 1816, nous possédons 37 planches sur les 52 décrites au *Catalogue de costumes militaires* ; 25 sont coloriées, 12 sont en noir ; la plupart sont très courtes de marges ou coupées au cadre.
Ens. 50 planches.

48. HUART (Adrien). La nouvelle vie militaire. Texte par Adrien

Huart; illustrations par Draner. *Paris, Librairie illustrée, s. d.*, in-8, cartonn. toile rouge, non rogné.

Nombreuses illustrations dans le texte, en noir ou coloriées.

49. KOBELL. Tableau général de l'infanterie françoise. *A Vienne, chez Artaria et Comp., s. d.*, gr. in-fol. en largeur.

Belle pièce gravée par *Rahl*, et coloriée.

50. KOBELL. Troupes françaises en marche. — Halte de hussards français (1800). *S. l.*, 1802, 2 pièces gravées à l'eau-forte par Bartsch. in-fol. en largeur.

Belles pièces en épreuves AVANT la lettre.

La planche *Troupes françaises en marche* est coloriée, et celle *Halte de hussards* est en noir.

Petites marges.

51. LALAISSE (H.). Types militaires du troupier français. *Paris, E. Morier, Lithog. Becquet frères, s. d.*, in-fol., monté sur onglets, dos et coins mar. vert. tête marb.

Suite complète du titre et des 59 lithographies coloriées donnant, d'une manière très complète, les uniformes de l'Empire, de 1857 à 1870.

Le titre est remonté; les planches ne sont pas classées dans l'ordre numérique.

52. LALAISSE (H.) [Uniformes de l'armée et de la marine françaises (1846-1849)]. *Paris, Maison Martinet, Hautecœur frères, s. d.*, in-fol., monté sur onglets, demi-rel. chagrin vert.

Collection de 37 lithographies coloriées à plusieurs personnages à pied ou à cheval ; elles sont en largeur et représentent les uniformes des corps de l'armée, de la marine et de la Garde nationale.

La planche 20 est en double, avec différences dans les détails de l'uniforme.

L'ordre numérique n'a pas été suivi, et la série n'a pas de titre.

53. LALAISSE (H.). Empire français. L'Armée et la Garde impériale (1853-1870). *Paris, Maison Martinet, Hautecœur frères, s. d.*, in-4, monté sur onglets, demi-rel. mar. vert foncé. tête marb.

Réunion d'un titre et de 140 lithographies coloriées. Sur les 118 planches de la série 1853-1866 décrites au *Catalogue de costumes militaires*, nous en possédons 99 ; il manque les pl. 1 bis, 10, 24 bis, 34 bis, 39 bis, 50, 62, 65, 71, 87, 92, 93, 94, 97, 97 bis, 103, 104, 105 et 106.

On y a joint sept planches doubles avec variantes dans le coloris (pl. 16, 31, 51, 53, 55, 76, 77) ; la pl. 98 s'y trouve 5 fois avec variantes diverses.

Sur les 64 planches décrites de la série de 1860-1870, nous en possédons seulement 29, dont voici les numéros : 1, 5, 7, 10, 11, 12, 21, 23, 31, 33 bis à 36, 38, 40, 42, 45, 53, 56, 58, 59, 61 à 64, 66 à 69.

Nous avons une planche n° 23. *Lanciers, capitaine. Reg^t*, non décrite au *Catalogue de costumes militaires*.

3 planches sont non coloriées et 2 sont remontées.

54. LALAISSE (H.). L'Armée française, 1875-1877. *Paris, anc. maison Martinet, Imp. Becquet, s. d.*, in-fol., monté sur onglets, dos et coins mar. vert.

Série complète de 32 lithographies coloriées à plusieurs personnages à pied ou à cheval ; elles sont avec fonds variés.

Ce recueil est le dernier de Lalaisse.

L'ordre numérique des planches n'a pas été suivi à la reliure.

55. LAMI (Eugène). Collection des armes de la Cavalerie française en 1831 (à 1834). *A Paris, chez Neuhaus, s. d.*, gr. in-fol. en largeur, en feuilles.

Collection remarquable et très exacte de 8 (sur 10) lithographies coloriées à plusieurs sujets par planche.

Les planches 8 et 9 manquent. La planche 7 est courte de marge et la planche 10, en noir, est également courte de marges.

On y joint un double des planches 1, 4, 5 et 7 : elles sont coloriées, sauf la planche 7 qui est en noir. — Ens. 12 planches.

56. LECOMTE (H.) [Costumes militaires de la monarchie française, de 1510 à 1830]. *Paris, Lithogr. de Delpech, s. d.*, in-4, monté sur onglets. demi-rel. chagrin brun.

Réunion de 51 lithographies coloriées tirées du Recueil de Lecomte ; elles sont pour la plupart coupées au cadre et montées sur papier vergé ; 8 sont à toutes marges, une est en noir

10 planches sont détachées de la reliure.

57. MARCO DE SAINT-HILAIRE (Emile). Histoire anecdotique, politique et militaire de la Garde impériale. Illustrée par H. Bellangé, E. Lamy, de Moraine, Ch. Vernier. Musique des marches et fanfares de la Garde. transcrite par Alex. Goria. *Paris, Eugène Penaud et Cie*, 1847, in-8, demi-rel. chagrin rouge, tr. jasp.

Premier tirage.

Nombreux costumes militaires coloriés.

58. MARTINET (Chez). Maison du Roi, 1814. *A Paris, chez Martinet, s. d.*, in-fol., en largeur, en feuilles.

Sur les 4 planches qui composent cette belle série gravée par *Godefroid*, nous en possédons trois : *MM. les Gardes du Corps du roi en uniforme et en surtout. — MM. les mousquetaires noirs en grand et en petit uniforme. — MM. les Chevau-Légers du roi en grand et en petit uniforme.* Il manque la planche des Gendarmes du Roi.

La planche des « Mousquetaires noirs » est courte de marges.

59. MARTINET (Chez). Troupes françaises. Premier Empire (1807-1814). *A Paris, chez Martinet, s. d.*, in-8, en feuilles.

Réunion de 99 planches gravées et coloriées, dont voici le détail : L'Empereur et son État-Major : 4 pl. — Garde impériale. Infanterie :

12 pl. — Garde impériale. Cavalerie : 17 pl. — Garde impériale. Artillerie, train, etc. : 6 pl. — Infanterie de ligne : 16 pl. — Cavalerie de ligne : 28 pl. — Artillerie, pompiers : 6 pl. — Troupes diverses : Écoles, gendarmerie, douaniers, etc. : 10 pl.

Marges inégales ; quelques planches ont des inscriptions manuscrites indiquant les couleurs des uniformes.

60. MARTINET (Chez). Troupes françaises. Restauration, Maison du roi, Garde Royale (1816). *A Paris, chez Martinet, s. d.*, in-8, en feuilles.

Réunion de 16 planches gravées et coloriées.
Marges inégales.
2 planches portent des inscriptions manuscrites indiquant les couleurs des uniformes, et 5 sont en noir.

61. MARTINET (Chez). Un Corps de garde de la Garde nationale. Mais monsieur Pigeon faites vous donc habiller. *A Paris, chez Martinet, s. d.*, in-4 en largeur.

Pièce gravée par *Godefroy* et coloriée.
Epreuves à toutes marges.

62. NEUVILLE (A. de). En campagne. Tableaux et dessins reproduits et publiés par Boussod, Valadon et Cie. Texte de Jules Richard. *Paris, Boussod, Valadon et Cie, s. d.*, in-4, demi-rel. chagrin noir, non rogné.

63. PASCAL (Adrien). Histoire de l'armée et de tous les régiments depuis les premiers temps de la Monarchie française jusqu'à nos jours. *Paris, Barbier et Dutertre,* 1853-1864, 5 vol. in-8, demi-rel. chagrin rouge, tr. jasp.

Edition illustrée de nombreuses planches coloriées de costumes, hors texte, par *Philippoteaux, E. Charpentier, H. Bellangé,* etc.

64. RAFFET. [Collection des costumes militaires de l'armée, de la marine et de la Garde nationale française depuis août 1830]. *Paris, Frérot, Levrault et Anselin (Lithogr. de Villain et chez Hautecœur Martinet)*, 1833. in-4. monté sur onglets, demi-rel. chagrin bleu.

Collection complète des 32 lithographies coloriées sans titre ni texte. La légende et le cadre de la planche 7 sont manuscrits.
On y a ajouté une lithographie en largeur coloriée : « *Maréchal de France* » avec titre manuscrit ; elle est également de Raffet.

65. RAFFET. Napoléon Ier et la Garde impériale. *Paris, Furne, s. d.*, gr. in-8, monté sur onglets, demi-rel. chagrin vert.

Suite complète de 20 planches gravées par *Colin*, pour illustrer l'ouvrage de Fieffé : *Napoléon et la Garde impériale.*

66. RAFFET. Costumes militaires français (1825-1833). *A Paris, chez Frérot. s. d., Lithogr. de Villain*, in-4, en feuilles.

Réunion de 46 lithographies diverses, dont 20 coloriées et les autres en noir ; elles sont de marges inégales et quelques-unes, parmi les coloriées, sont coupées au cadre et 3 sont tachées d'encre.

67. RÉGIMENTS DE HUSSARDS, de 1800 à 1814, in-4, demi-rel. chagrin La Vall.

Collection de 14 aquarelles. Chaque aquarelle, montée sur papier fort, mesure 0m,26 sur 0m,20.

68. SEELE. Die Bekantschaft auf dem Wege. *Stuttgart, im Verlag der Ebnerschen Kunsthandlung, s. d.*, pièce gravée à la manière du lavis et coloriée, in-4, en hauteur.

Belle épreuve à toutes marges.

Cette pièce représente un dragon français causant avec deux jeunes filles.

69. SEELE. La Retirade des Français. *S. l.*, 1796, in-fol. en largeur.

Pièce gravée à l'eau-forte et coloriée.

Petites marges et cassures.

70. SWEBACH (E.). Armée française. 1831. (*Paris*), *Lithogr. de Engelmann. s. d.*, in-fol., monté sur onglets, dos et coins mar. rouge.

Réunion de 7 (sur 12) lithographies coloriées à plusieurs personnages. Nous possédons les planches suivantes : *Cuirassiers. — Carabiniers. — Dragons. — Hussards. — Chasseurs. — Lanciers. — Garde municipale.*

71. TABLEAU des uniformes de l'infanterie et de la cavalerie de l'empire français. 1806.

Grand tableau gravé et colorié représentant de nombreux personnages à pied et à cheval ; il a été découpé en 16 morceaux et il manque divers fragments.

72. TITEUX (Eugène). Historiques et uniformes des régiments d'infanterie et de cavalerie. Ligne, dragons, chasseurs, hussards, spahis, troupes étrangères, etc. *Paris, Em. Lévy et Cie, s. d.*, in-fol., monté sur onglets, dos et coins mar. rouge, tête dor., non rogné.

109 tableaux donnant l'historique des divers régiments et 22 grandes chromolithographies hors texte. Chaque tableau est orné de 8 petites chromolithographies représentant les divers uniformes.

73. TROUPES FRANÇAISES (1815). Officiers et soldats du corps royal des chasseurs d'Henry IV. *S. l. n. d.* (*Paris*, 1815), in-fol. en largeur.

Curieuse pièce, très rare, gravée à l'eau-forte et coloriée ; elle représente 4 personnages à pied, dont l'un porte le drapeau blanc.

Le Corps royal des Chasseurs d'Henri IV était commandé par le comte H. d'Espinchal en 1815, ainsi que l'indique une note manuscrite au bas de la planche. Grandes marges.

74. VERNET (Carle). Combat en Égypte. Neuf Français surpris par l'armée anglo-turque se réfugient dans un vieux fort d'où ils soutiennent l'attaque et après avoir perdu deux hommes obtiennent une capitulation honorable. *Se vend à Paris, chez l'auteur et chez Gassel. s. d.*, gr. in-fol. en largeur.

Belle pièce gravée par *Debucourt* et coloriée.

75. VERNET (Carle). Collection de costumes dessinés d'après nature par Carle Vernet et gravés par Debucourt. *A Paris, chez Bance. s. d.* (1814-1820), in-fol. en hauteur.

Réunion de 4 planches gravées à la manière du lavis et coloriées. En voici le détail :

Grenadier et tambour de la Garde nationale parisienne. — Tambour-major et sapeur de la garde nationale parisienne. — Officier et grenadier de la Garde royale française. — Dragon et lancier de la Garde Royale française.

Les deux premières pièces sont à toutes marges ; les deux autres sont courtes ; toutes sont montées sur bristol bleu dans un encadrement à la Glomy.

76. VERNET (Horace) et LAMI (Eug.). Collection des uniformes des armées françaises, de 1791 à 1814. *Paris, Gide fils*, 1822. — Collection raisonnée des uniformes français de 1814 à 1824. 2ᵉ partie de la collection générale. *Paris, Anselin et Pochard*, 1825. — Ens. 2 vol. gr. in-8, demi-rel. chagrin vert, plats toile, tr. jasp.

Collection complète des 148 lithographies coloriées (100 pour la première partie et 48 pour la seconde).

Cet exemplaire contient un portrait équestre de Napoléon, non cité au *Catalogue des costumes militaires*.

77. VERNIER. Costumes de l'armée française. *A Paris, chez Aubert et Cie, s. d.*, in-fol. oblong, monté sur onglets, demi-rel. chagrin bleu foncé.

Suite complète de 66 lithographies coloriées à plusieurs personnages, donnant les costumes militaires français de 1680 à 1850.

III. — ALLEMAGNE

Généralités. — Bade. — Bavière. — Prusse. — Saxe.

78. ARMÉE ALLEMANDE. Réunion de 6 vol. pet. in-8, cartonn. toile rouge ou bleue.

Die Uniformen der deutschen Armee. *Leipzig, Verlag von Moritz Ruhl,* 1883-1886, 5 vol., nombreux schémas en chromolithographie. — Das deutsche Heer. *Berlin, H. Toussaint et Cie, s. d.* 30 groupes formant une grande lithographie se dépliant.

79. ARMÉES ALLEMANDES : Réunion de 17 planches gravées ou lithographies, dont 2 en noir, les autres coloriées ; de divers formats.

Chasseur brémois. — Soldats prussiens en 1789. — Frédéric II, passant une revue, d'après *Chodowiecki.* — Soldat d'artillerie. — Armée prussienne en 1786, lithog. à nombreux personnages, etc., etc.

80. DEUTSCHE REICHSHEER (Das) graphisch dargestellt und Armee corpsweise geordnet nebst erläuternden und historischen Bemerkungen. *Karlsruhe, Druck und Verlag der W. Hasper'schen Hofbuch- und Steindruckerei, A. Horchler und Co,* 1879, in-4, en feuilles dans le cartonn. de publication.

Texte et 20 schéma en chromolithographie.

81. GENTY (Chez). Costumes militaires. Infanterie allemande, 1815. *A Paris, chez Genty, s. d.,* in-4 en feuilles.

Réunion d'un frontispice et de 17 planches gravées et coloriées.
Des planches décrites au « *Catalogue des Costumes militaires* » nous possédons les nos 2 à 16, 18 et 44. Les planches 16 et 44 sont en noir.
On y ajoute : 1° Un double de la planche 8 avec variantes dans le coloris et des titres différents. — 2° Un double en noir de la planche 15. — 3° La planche suivante, non décrite au *Catalogue* : *Troupes allemandes, Garde Impériale, Grenadier* ; elle porte le n° 11 à l'encre.
Epreuves à toutes marges. Cette suite est la troisième publiée chez Genty.
Ens. 1 frontispice et 20 planches.

82. SCHINDLER (C. F.). Die Cavallerie Deutschland's. *Berlin, Verlag von C. F. Schindler,* 1882, in-4, monté sur onglets, dos et coins chagrin bleu, tête dor., non rogné (*Couvert.*).

24 lithographies coloriées à plusieurs personnages.

83. SUHR. [Division de la Romana à Hambourg, 1808.] *S. l. n. d.*, in-4, en feuilles.

4 planches gravées et coloriées à plusieurs personnages, avec légendes en allemand.
Très rare.
La série complète comprend 18 planches.

---

84. RUGENDAS (J.-L.). Surprise de Mannheim le 18 septembre 1799. *A Augsbourg, s. d.*, in-fol. en largeur.

Belle pièce dessinée et gravée à la manière du lavis par *Rugendas* et coloriée.

85. SCHREIBER (Guido). Bilder des deutschen Wehrstandes, Baden und der schwäbische Kreis 1500-1800. *Karlsruhe, Herber'sche Buchhandlung*, 1851, gr. in-8, demi-rel. chagrin rouge.

Ouvrage orné de 7 lithographies coloriées et de figures gravées sur bois dans le texte.

86. STOCKHORN (J. F. v.). Grosherzoglich badische Leib-Grenadier-Garde. *Lithographie von C. F. Müller in Carlsruhe*, 1821-1823. 2 pièces in-fol. en largeur.

Lithographies coloriées représentant chacune 6 personnages à pied.

---

87. ARTARIA (Chez). Tableau des Troupes bavaroises. *A Vienne, chez Artaria et Comp., s. d.*, in-fol. en largeur.

Pièce gravée à l'eau-forte et coloriée.
Légende en allemand et en français.

88. BEHRINGER (Ludwig). Die bayerische Armee unter König Maximilian II. *München, Mey et Widmayer*, 1854, in-fol. oblong, monté sur onglets, demi-rel. chagrin rouge, plats toile.

Collection sans titre de 18 lithographies coloriées à plusieurs personnages, à pied et à cheval.
Les planches 3 et 7 manquent, mais la planche 5 est en double avec différences dans les coiffures.
La collection complète comprend 19 lithographies.

89. HOFFMANN (C. v.). Das königlich bayerische 4. Infanterie-Regiment König Karl von Württemberg von seiner Errichtung

1706 bis 1806. *Berlin, Ernst Siegfried Mittler und Sohn*, 1881, in-8, demi-rel. chagrin vert, plats toile, tr. jasp.

Portrait, 1 carte, 1 plan et 3 lithographies coloriées représentant 12 types de soldats.

90. MONTEN. Darstellung der Landwehr des Königreichs Bayern. *In München und Würzburg, H.-A. Eckert und Ch. Weiss, s. d.* (*vers* 1835), in-4, en feuilles.

Réunion de 14 (sur 16) lithographies coloriées à plusieurs personnages. Sans titre.

---

91. GENTY (Chez). Costumes militaires. Infanterie prussienne. *A Paris, chez Genty, s. d.*, in-4, en feuilles.

Réunion du frontispice et de 29 (sur 35) planches gravées et coloriées, formant la seconde suite publiée chez Genty.

Les planches 14, 17, 18, 21, 28 et 34 manquent.

On y joint 2 planches doubles 7 (en noir) et 9 (différente).

Epreuves à toutes marges.

Les planches 3 et 8 sont un peu courtes de marges.

92. HAMMER (F.-W.). Das königlich preussische Heer in seiner gegenwärtigen Uniformirung. *Berlin, In Commission bei E.-H. Schroeder, s. d.* (1869), in-fol. oblong, monté sur onglets, dos et coins chagrin rouge, tête dor.

Titre, table et 30 lithographies coloriées de costumes et détails d'uniformes.

93. HILTL (George) et SCHINDLER (C.-F.). Preussens Heer. *Berlin, H.-J. Meidinger, s. d.* (1880), in-4, monté sur onglets, demi-rel. chagrin rouge, plats toile.

Texte avec figures sur bois et 50 chromolithographies hors texte d'uniformes militaires prussiens.

94. HORVATH (Chez). Uniformes de l'armée prussienne sous le règne de Frédéric-Guillaume II, roi de Prusse, contenant 136 figures bien enluminées. *A Postdam, chez Charles Chrétien Horvath*, 1789, in-8, demi-rel. bas. rouge. tr. jasp. (*Rel. mod.*).

Bien que le titre n'indique que 136 planches, cet exemplaire en renferme 141 ; elles sont gravées par *L. Schmit*, coloriées et gouachées avec rehauts d'or et d'argent. — Titre, texte et table imprimés comprenant 22 pages ; ces feuillets sont courts de marges ainsi que les planches.

Le portrait de Frédéric-Guillaume indiqué à la table ne se trouve pas dans cet exemplaire.

95. KOBELL. Militaires prussiens. *Paris*, 1803-1806, in-fol. en largeur.

Pièce gravée à l'eau-forte par *Fred. Geissler*, non coloriée ; elle représente une revue de soldats prussiens.
Epreuve AVANT la lettre.

96. KOBELL. Militaires prussiens, 1803-1806. 2 pièces in-fol. en largeur.

Ces deux pièces représentent une Revue (pièce précédente) et un Camp ; elles sont gravées à l'eau-forte, à Paris, par *Fred. Geissler*, et sont en épreuves avant la lettre, non coloriées et datées de 1803-1806.
Petites marges.

97. KOLBE (Carl Wilh.). Das Einrücken der Garde du Corps ins Lager bei Potsdam. — Herbstmanöver im Jahre 1803 bei Borne unweit Potsdam. *Berlin, bei F. Frick*, *s. d.* (1803), 2 pièces gr. in-fol. en largeur.

Belles pièces gravées par *F. Frick*, coloriées ; elles représentent, sous forme de tableaux, des scènes de la vie militaire prussienne.
Sans marges.

98. POTEN (Bernhard). Unser Volk in Waffen. Das deutsche Heer in Wort und Bild von Bernhard Poten. Illustriert von Chr. Speyer. *Berlin und Stuttgart, Verlag von W. Spemann*, *s. d.*, in-fol., demi-rel. chagrin La Vall., ébarbé.

Nombreuses illustrations hors texte et dans le texte.

99. RABE (E.). Uniformen des preussischen Heeres. in ihren Hauptveränderungen bis auf die Gegenwart... *Berlin, L. Sachse und Co.* (1850), in-fol. oblong, monté sur onglets, dos et coins mar. rouge, tête dor.

Suite de 18 lithographies coloriées de costumes militaires prussiens, de 1688 à 1850, sous forme de tableaux synoptiques.
Sans titre.

100. RASPE (Chez) Accurate Vorstellung der sämtlichen kœniglich preussischen Armee. Worinnen zur eigentlichen Kenntniss der Uniform von jedem Regimente ein Officier und Gemeiner in völliger Montirung und ganzer Statur nach dem Leben abgebildet sind nebst beygefügter Nachricht 1) von der Stiftung 2) denen Chefs 3) der Staerke und 4) der in Friedenszeiten habenden Guarnisons jedes Regiments. Herausgegeben und gezeichnet von J. C. H. v. S. (Schmalen). *Nürnberg, Raspische Buchhandlung*, 1759, in-8, demi-rel. bas. brune.

Exemplaire très fatigué, contenant seulement le titre, les 2 ff. de dédicace et 59 planches gravées et coloriées, avec rehauts d'or et d'argent, numérotées 1-20, 33 à 53, 55 à 67, 79 à 83, 85 à 96. 1 planche dont la légende est coupée, 101, 104, 109, 110 et 115.

Le titre et le premier feuillet de dédicace sont doublés.

---

101. BECK (August). Lose Blätter zur Geschichte der königlich sächsischen Armee. *Dresden, Druck und Verlag von C. C. Meinhold und Söhne, s. d.* (1873), in-4 oblong, cartonn. dos et coins toile rouge.

Texte par Richard von Meerheimb et 41 planches gravées sur bois.

La planche 16 est remontée.

102. GOETZ (Theodor). Geschichtliche Übersicht der Schicksale und Veränderungen des Grossherzogl. Sächs. Militairs während der glorreichen Regierung Sr. Königl. Hohheit des Grossherzogs Carl August. *Weimar, Lithog. i. d. G. H. Steindruckerey,* 1825. in-fol., oblong, 17 ff. de texte y compris la dédicace, cartonn. dos et coins toile rouge.

Cet ouvrage, dont le texte est d'Auguste Müller, contient 21 lithographies coloriées par *Th. Goetz*; elles représentent les costumes militaires saxons de 1775 à 1825. Le titre manque; les planches 4 et 10 sont sur la même feuille et il y a deux planches 12 différentes.

L'exemplaire de MM. Millot et Glasser contenait le titre, mais n'avait ni la dédicace au grand duc de Saxe-Weimar-Eisenach ni la seconde planche 12.

103. HAUTHAL (Dr Ferd.). Geschichte der sächsischen Armee in Wort und Bild. Zweite Auflage. *Leipzig, J. G. Bach,* 1859, pet. in-fol., monté sur onglets, dos et coins chagrin grenat, tête dor., non rogné.

Cet ouvrage, divisé en 6 parties, donne les costumes militaires de Saxe en 1730, 1764, 1802, 1812, 1832 et 1859.

Le titre particulier pour 1802 et une planche manquent.

Le volume est composé d'un texte de 172 pages, d'un portrait du roi de Saxe, lithographié en noir, d'une planche de schéma et de 59 lithographies coloriées à plusieurs personnages.

104. HEINE. Die sächsische Kuirassier-Brigade in der Schlacht bei Dresden den 27 August 1813. *Verlag von Louis Rocca in Leipzig. s. d.,* in-fol. en largeur.

Lithographie coloriée.

Cassures réparées.

105. HESS (C. A. H.). Officier der Garde du Corps im Exercier Collet. — Officier der Leib Grenadiers Garde in der Interims

Uniform — Regiment Chevaux legers Prinz Johann und von Polenz. *S. l. n. d.*, 3 pièces in-fol. en hauteur.

Belles pièces gravées par *Schumann* et *C.-F. Stölzel.*

La pièce gravée par *Schumann* est en noir. Les deux premières sont gravées au trait et coloriées.

On y a joint :

Une planche de *Hess*, représentant un cavalier des Gardes du Corps en tenue de parade ; elle est gravée par *Schumann* et donne l'aspect d'une aquarelle.

106. SAUERWEID. [L'armée saxonne représentée en 30 feuilles, dessinée par Sauerweid, gravée par Granicher, coloriée par Botticher.] *Se trouve à Dresde, chez Henry Ritner*, 1810, pet. in-fol., monté sur onglets, dos et coins mar. rouge.

Très belle suite complète de 30 planches gravées et coloriées avec le plus grand soin ; elle est sans nom d'artiste ni adresse.

Nous ne possédons pas le titre que nous donnons ci-dessus et qui se trouve à l'exemplaire de Darmstadt.

Toutes les planches sont soigneusement montées sur bristol bleu.

107. SCHUBAUER (Fr.). Darstellung der königlich sächsischen Armee nach ihren verschiedenen Waffengattungen. *Herausgegeben von Pietro del Vecchio in Leipzig, Lithogr. J. Trentsensky in Wien*, 1834, in-fol., monté sur onglets, demi-rel. chagrin rouge.

Collection de 8 (sur 9) lithographies coloriées à plusieurs personnages, représentant, sous forme de tableaux, les costumes militaires de Saxe.

La couverture sert de titre ; une planche est coupée au cadre et remontée.

108. SEELE. Armée saxonne au commencement du XIXe siècle. *S. l. n. d.*, in-4 en hauteur, en feuilles.

Série de 8 planches gravées à la manière du lavis et coloriées ; elles représentent, sous forme de petits tableaux, les uniformes de l'armée saxonne au début du XIXe siècle.

On y a joint : 5 pièces du même genre, gravées en largeur : deux sont coloriées, les 3 autres sont en noir. — Ens. 13 planches sans légendes.

IV. — AUTRICHE

109. ARMÉE AUTRICHIENNE. 3 pièces gravées et coloriées, in-4 en hauteur.

Très belles épreuves.

Ces pièces représentent : un officier supérieur d'infanterie, un officier d'infanterie hongroise, et un officier d'infanterie allemande, de 1815 à 1820.

110. ARMÉE AUTRICHIENNE : Réunion de 4 vol. in-4 et pet. in-8, cartonn. toile rouge.

BREIDWIESER. Die K. K. Armee. *Wien, Heck, s. d.*, 10 chromolithographies. — JUDEX und STRASILLA. Uniformen Distinctions- und sonstige Abzeichen der gesammten k. k. oesterr. - ungar. Wehrmacht. *Troppau*, 1884, texte et 25 schemaen chromolithographie.-Uebersicht der regelmässigen Ergänzungen welche die bestehenden Stellungsbezirke Œsterreich-Ungarns an Truppen und Anstalten für das stehende Heer..... zu leisten haben. *Wien*, 1888, grande carte pliée. — Couleurs distinctives de l'armée austro-hongroise, 1880 : 22 échantillons d'étoffe collés sur un carton, avec indications manuscrites des régiments.

111. ARMÉE AUTRICHIENNE ; Réunion de 9 planches diverses, lithographiées ou gravées, de formats différents.

Die böhmischen Freiwilligen-Corps im Jahre 1859. *Wien*, 1860, 12 pp. de texte et 2 pl. — Scènes militaires, clairon du 9e bataillon de chasseurs, etc., etc.

112. ARTARIA (Chez). Entrée de S. M. l'Empereur d'Autriche François I, à Vienne après la campagne de 1814. — Les Troupes victorieuses d'Autriche défilent devant le roi après son retour de Sicile à Naples en 1815. *Vienne, chez Artaria et Comp., s. d.*, 2 pièces gravées à l'eau-forte et coloriées, in-fol. en largeur.

Epreuves très grandes de marges.
Légendes en allemand et en français.

113. ARTARIA (Chez). Ingresso in Milano delle truppe i.li e r.li austriache dalla Porta Romana, il giorno 28 aprile 1814. *Wien, bey Artaria u. Comp., s. d.*, in-fol. en largeur.

Belle pièce gravée à l'eau-forte et coloriée.
La légende est en italien et en allemand.

114. ARTARIA (Chez). K. K. Oesterreichische Armee. 1815-1830. *Wien, Artaria und Comp., s. d.*, in-fol. oblong, monté sur onglets, demi-rel. chagrin rouge, plats toile, titre doré sur le premier plat.

Collection de 16 grandes et belles planches coloriées, représentant, sous forme de tableaux, les divers uniformes de l'armée autrichienne. En voici le détail :

K. K. Œsterr. Generalität, pièce gravée par *Mansfeld*, d'après *Stubenrauch*. — *Arcieren-Leibgarde*, pièce lithographiée. — *Königl. ungar. adelige Leibgarde*, pièce lithographiée par *Kriehuber*, d'après *Hochle*. — *Grenadiere*, pièce gravée par *Ehrard*, d'après *Stubenrauch*. — *Linien Infanterie*, pièce gravée par *Schindler*. — *Jäger*, pièce gravée par *Mansfeld*, d'après *Stubenrauch*. — *Gränz-Regimenter und Czaikisten Bataillon*, pièce gravée par *Beyer*, d'après *Stubenrauch*. — *Cuirassiers*, pièce gravée par *Klein* et *Erhard*, d'après *Stubenrauch*. — *Chevaux-Legers und Dragoner.*, pièce gravée par *Schindler*. — *Husaren*, pièce gravée par *Mansfeld*, d'après *Stubenrauch*. — *Uhlanen*, pièce gravée par *Klein* et *Ehrard*, d'après *Stubenrauch*. — *Artillerie und Fuhrwesen*, pièce gravée par *Schindler*. — *Sapeurs, mineurs und Pionniers*, pièce gravée par *Schindler*. — *Pontonniers*, pièce gravée par *Mansfeld*, d'après *Stubenrauch*. — *Gendarmerie der Lombardie*, pièce lithographiée. — *Marine*, pièce lithographiée.

Belles épreuves à toutes marges, montées sur bristol bleu et reliées sous le second empire.

115. ARTARIA (Chez). Ungarische adeliche Garde in Galla, pièce gravée par B. Biller. — Deutsche Leibgarde in Galla, pièce gravée par Mansfeld. *Wien, bey Artaria u. Comp., s. d.*, 2 pièces in-4, en hauteur.

Belles pièces gravées à l'eau-forte et coloriées ; elles représentent, chacune, un garde à cheval.

116. FRANCESCHINI (Fr.). Militärisches Pracht-Bilderbuch. *Wien, Verlag von Moritz Perles, s. d.* (1876), in-fol., oblong, cartonn. toile rouge, titre sur le premier plat.

Titre, table et 22 chromolithographies.

117. FREUNDT (J.). [Cavalerie autrichienne. 1790]. *S. l. n. d.*, pet. in-4, monté sur onglets, demi-rel. chagrin rouge, plats toile.

Collection très rare, de 38 planches gravées à l'eau-forte et coloriées, représentant chacune un personnage à cheval, dont voici le détail :

Garde, 2 pl. — Carabiniers, 2 pl. — Cuirassiers, 8 pl. — Dragons, 6 pl. — Chevau-legers, 5 pl. — Hussards, 11 pl. — Uhlans, 3 pl.

Toutes ces planches sont coupées au cadre et montées sur bristol bleu ; la plupart contiennent des annotations manuscrites en allemand

118. GERASCH. Das oestereischische Herr von Ferdinand II. römisch deutschen Kaiser, bis Franz Joseph I. *Wien, L. T. Neumann, s. d.* (1850). 2 vol. in-4, montés sur onglets, demi-rel. mar. rouge, plats toile.

152 lithographies coloriées, représentant les uniformes de l'armée autrichienne de 1620 à 1850.

Le titre manque, il est remplacé par une couverture de livraison.

119. HOFBAUER und KUWASSEG. Der k. k. National-Grenz-Scharfschütz. *Wien, Trentsensky, s. d.*, gr. in-fol. en hauteur.

Belle pièce lithographiée en noir.

120. KOBELL. Tableau général de l'infanterie et de la cavalerie autrichiennes. *A Vienne, chez Artaria et Comp., s. d.*, 2 pièces gr. in-fol. en largeur.

Belles pièces gravées à l'eau-forte par *Mansfeld* et coloriées ; elles donnent le tableau général de l'armée autrichienne sous le premier Empire.

121. MOLLO (Chez). Troupes d'infanterie au repos. *In Wien, bey T. Mollo und Comp., s. d.* (vers 1815), in-4 en largeur.

Pièce gravée et coloriée. Légende en allemand.
Petites marges, cassure.

122. PETTENKOFFER (A.) und STASSGSCHWANDTNER (A.). Die k. k. österreich'sche Armee nach der neuesten Adjustirung. *Wien, Alois Leykum, s. d.* (1850-1853), gr. in-fol. monté sur onglets, dos et coins mar. rouge, tête dor., non rogné.

Série complète de 36 lithographies coloriées.
Cachet de la bibliothèque de San Donato sur toutes les planches.

123. REINHOLD (Ph.). Grande fête militaire donnée par ordre de S. M. l'empereur d'Autriche à ses trouppes à Vienne au Prater à l'occasion de l'anniversaire de la victoire de Leipzig, le 18 octobre 1814, honorée par l'auguste présence des Souverains alliés. *A Vienne, chez Artaria et Comp., s. d.*, gr. in-fol. en largeur.

Belle pièce gravée à l'eau-forte et coloriée.

124. REINHOLD (Ph.). Représentation de la grande course de traîneaux qui a eu lieu par ordre de S. M. Imp^le^ et Roy^le^ Apost^que^ le 22 janvier 1815 pendant le séjour des Souverains alliés à Vienne. *A Vienne, chez Artaria et Comp., s. d.*, in-fol. en largeur.

Belle pièce gravée à l'eau-forte et coloriée.

125. RICHTER (Wilh.) et GERASCH (Aug.). Kaiserl. Mexicanisches Corps österreichischer Freiwilligen. *Wien, Verlag von L. T. Neumann, s. d.* (1866), in-fol. monté sur onglets, cartonn. toile rouge, titre sur le premier plat.

Série d'un titre et de 5 lithographies coloriées à plusieurs personnages.

126. RUGENDAS (J.-L.). Bataille de Stockach, commandée par S. A. S. l'Archiduc Charles, le 25 mars 1799. — Bataille de Verona, le 5 avril 1799. *A Augsbourg, s. d.*, 2 pièces gravées à la manière du lavis par Steinlen, et coloriées.

127. STRASSGSCHWANDTNER (A.). Ehrenhalle oesterreichischer Krieger aus dem ungarischen Feldzuge. *Wien, bei L. T. Neumann, s. d. (vers 1850)*, in-fol. oblong, cartonn. toile rouge.

Suite de 7 lithographies coloriées, chiff. 1-7, dessinées et lithographiées par *A. Strassgschwandtner* (n° 7 par *Lancedelli*). Elles représentent des épisodes et faits héroïques de la campagne de Hongrie en 1849. La couverture imprimée sert de titre.

On y a joint : 1° une autre suite de 15 lithographies coloriées, dessinées par *F. L'Allemand*, lithographiées par *J. Lancedelli*, et publiées également chez L. T. Neumann à Vienne. Elles représentent des actions héroïques de militaires autrichiens dans la campagne d'Italie.

2° 5 planches d'imagerie populaire en lithographie, publiées par Jos Scholz de Mayence (1868) représentant des types de troupes autrichiennes.

128. TRENTSENSKY (Chez). Gefechte jeder Waffe, n° III. *Wien, Lithog. Trentsensky, s. d.*, in-fol. en largeur.

Belle lithographie coloriée, représentant un combat de cavaliers français et autrichiens.

129. TRENTSENSKY (Chez). Hussards en marche. — Uhlans en marche. *Lithogr. bey J. Trentsenky in Wien, s. d.*, 2 lithographies gr. in-fol. en largeur.

Pièces lithographiées en noir, d'après nature, par *A. Fachini.*

Les légendes sont en allemand.

130. VERNET (Carle). Hussard autrichien, aquarelle in-4, montée sur bristol bleu, dans un encadrement à la Glomy.

Belle aquarelle originale signée V., mesurant 0m,32 sur 0m,24.

On y joint une aquarelle représentant un hussard de Mecklembourg-Schwerin et Strelitz (1813-1815).

V. — ESPAGNE.

131. BARADO (Francesco). La Vida militar en España. Cuadros y dibujos de José Cusachs. Texto de Francisco Barado. *Barcelona, Tipo-litografia de los sucesores de N. Ramirez y Cia*. 1888, in-fol., dos et coins mar. rouge, tête dor., ébarbé.

Ouvrage orné de nombreuses phototypies hors texte et dans le texte.

132. SPANISCHE MILITAIR COSTÜME, 2 pièces gravées à l'eau-forte et coloriées, in-4 en largeur.

Belles épreuves à toutes marges.

Ces pièces représentent, sous forme de tableaux, les uniformes militaires espagnols à l'époque du premier Empire.

Les légendes sont en allemand.

133. VILLEGAS. Album de la caballeria española. *Madrid, Lith. militar S. Bernardino. s. d.*, in-4 oblong, en feuilles.

Réunion de 18 lithographies coloriées à deux personnages.

VI. — GRANDE-BRETAGNE.

134. ARMÉE ANGLAISE. Réunion de 2 vol. et 2 plaquettes in-4 cartonnés.

Seccombe (Major). Army and navy drolleries. With alphabetical descriptions, and illustrations from designs by the author; printed in colours by Kronheim. *London, Warne and Co., s. d.* — Simkin. Our armies. British Cavalry, artillery and infantry. *London, Sampson Low, Marston and Co., s. d.*, 2 plaquettes, nombreuses chromolithographies. — Simkin. Life in the army. *London, Chapman et Hall, s. d.*, nombreuses chromolithographies.

135. ARMÉE ANGLAISE : Réunion de 5 chromolithographies et 2 lithographies coloriées, in-fol.

Seymour. Four military studies. *London, R. Tuck and sons, s. d.*, 4 chromolithographies représentant chacune un personnage à cheval. — Payne (Henry). Royal horse artillery. 11th (Prince Albert's own) hussards, 2 lithographies coloriées, sans marges. — Norie (Orlando). The Indian Contingent, engaged with the british forces in the egyptian campaign, 1882. *London, Ackermann*, 1883, chromolithographie à nombreux personnages, dans un encadrement à châssis.

136. ARTARIA (Chez). Armée anglaise en campagne. — Tableau de la marine anglaise. *Vienne, chez Artaria et Comp., s. d.*, 2 pièces gravées à l'eau-forte et coloriées, in-fol. en largeur.

Epreuves très grandes de marges.
Légendes en allemand et en français.

137. GENTY (Chez). Costumes militaires. Infanterie anglaise, 1815. *A Paris, chez Genty, s. d.*, in-4 en feuilles.

Suite de 8 (sur 9) planches gravées et coloriées, formant la quatrième suite publiée chez Genty.

Belles épreuves à toutes marges. La planche 7 manque et la planche 5 est coupée au cadre et remontée.

138. MACLEAY (Kenneth). Highlanders of Scotland. Portraits illustrative of the principal clans and followings, and the retainers of the royal household at Balmoral, in the reign of her Majesty Queen Victoria. With copious notices from authentic

sources. In coloured lithographs by Vincent Brooks. *London, Mr. Mitchell*. 1870, 2 vol. gr. in-fol., monté sur onglets, cartonn. toile rouge, fers spéciaux, tr. dor. (*Cartonn. des éditeurs*).

31 lithographies coloriées, montées sur bristol.

139. MARTENS (Henry). The life guards. Band, passing in review. *London, by William Tegg*, 1865, gr. in-fol. en largeur.

Belle pièce gravée par *John Harris* et coloriée.

VII. — ITALIE.

140. ARTARIA (Chez). L'Infanteria et la cavalleria del regno d'Italia. *Vienna et Milan, presso Artaria et Comp., s. d.* (1812). 2 pièces, gr. in-fol. en largeur.

Belles pièces gravées à l'eau-forte par *Henri Adam*, et coloriées; elles donnent le tableau général de l'armée italienne sous le premier Empire.

141. BISI (Franc°). Uniformi militari italiani al 1° ottobre 1863. *Torino, presso Gio. Batt. Maggi*, 1863, in-4 oblong, monté sur onglets, cartonn. toile rouge, titre doré sur le premier plat.

Suite complète d'un titre, d'une table et de 33 lithographies coloriées.

Les planches sont signées *Luigi Crosio*.

142. CENNI (Quinto). Album delle uniformi militari del regno (Esercito e marina). *Milano, presso l'autore*. 1879, in-8, oblong, monté sur onglets, cartonn. toile rouge.

Suite de 8 lithographies coloriées à nombreux personnages.

143. CENNI (Quinto). L'Esercito italiano; schizzi militari raccolti e disegnati da Q. Cenni. *Milano. Vallardi*, 1880, in-4, oblong, cartonn. toile rouge.

Couverture en chromolithographie et 12 lithographies coloriées à plusieurs personnages à pied ou à cheval.

144. GALATERI (Pietro). Armata sarda. Uniformi antichi e mo-

derni. *Torino, Lithogr. de Doyen et Cie*, 1844, in-fol., oblong, cartonn. dos et coins chagrin rouge.

Un titre, une table et 15 (sur 33) lithographies coloriées.

Les planches : 1, 3, 6, 8, 9, 10, 11, 14, 16, 17, 20, 21, 24 à 29 manquent.

145. GALATERI (Pietro). [Armata sarda. Uniformi antichi e moderni]. *Torino, Lithogr. Doyen et Cie*, 1844. in-fol. oblong, monté sur onglets, dos et coins chagrin rouge.

Même ouvrage que le précédent.

Réunion de 25 (sur 33) lithographies coloriées, sans titre ni table, à nombreux personnages, représentant les uniformes militaires sardes de 1579 à 1844.

Les planches 3, 6, 7, 12, 13, 18, 19 et 29 manquent.

146. KLEIN (J. A.). Bataille de Tolentino, le 2 et 3 mai 1815. *A Vienne, chez P. Cappi, s. d.*, in-fol., en largeur.

Pièce gravée à l'eau-forte par *Mansfeld*, non coloriée.

Épreuve, AVANT toute lettre.

Petites marges.

147. MARIA (J. de). L'Armée italienne, aquarelles d'après nature. *Milan*, 1881-1883, in-fol., monté sur onglets, dos et coins mar. La Vall., tête dor.

Collection de 31 aquarelles originales de *J. de Maria*, représentant divers uniformes militaires italiens.

Chaque aquarelle, montée sur bristol, mesure 0m,32 sur 0m,25. — L'auteur n'a reproduit que six fois cette série. — Les légendes sont inscrites sur le bristol.

148. ROSTAGNO (Gottardo). Armata sarda, 1844. *Torino, Litogr. Doyen e Comp.*, 1844, 2 pièces, gr. in-fol., en largeur.

Belles lithographies coloriées à nombreux personnages, représentant, sous forme de tableaux, les uniformes de l'armée sarde en 1844.

149. TISSERON (L.) et MARMINIA (Achille). L'Armée pontificale et le Saint-Siège, ornés des portraits authentiques de S. S. Pie IX, des généraux de Failly, de Lamoricière, de Pimodan ; des colonels Allet et d'Argy, du lieutenant-colonel Athanas de Charrette ; du duc d'Albret de Luynes. *Paris, L. Lesord et Diard*, 1869, in-4, cartonn. demi-toile rouge.

150. ZEZON (Antonio). Tipi militari dei differenti corpi che compongono il real esercito e l'armata di mare di S. M. il Re del

regno delle Due Sicilie. *Napoli,* 1850-1854, in-fol., monté sur onglets, demi-rel., chagrin rouge, plats toile, titre doré sur un plat.

Suite de 2 titres et de 78 lithographies coloriées sur teinte avec fonds variés ; table imprimée.
Sans le texte imprimé.

VIII. — RUSSIE ET POLOGNE.

151. ADAM (Georg). [Kaiserliche russische Armee. Im Jahr 1814, in Nürnberg nach dem Leben gezeichnet und radirt von Georg Adam.] *Augsburg, im Verlag bei Herzberg.* In-fol. oblong, monté sur onglets, demi-rel. chagrin grenat.

Suite, sans titre, de 6 jolies planches, à plusieurs personnages, représentant, sous forme de tableaux, les costumes militaires russes ; elles sont gravées en taille-douce et coloriées.

152. ARMÉE DU ROYAUME DE POLOGNE. 1830. In-4, monté sur onglets, demi-rel. chagrin rouge, plats toile.

Collection de 7 aquarelles non signées ; elles sont montées sur bristol bleu et mesurent chacune $0^m,25$ sur $0^m,20$.
On y joint les deux pièces suivantes :
Militaire polonois, grenadier, pièce gravée par *Fleischmann,* d'après *Heideloff,* coloriée. Nürnberg, bei Fr. Campe.
Cosaques polonais de la Vaysodie de Podolie, sous le commandement de Waclaw Rzewuski, ancien émir arabe, pièce gravée et colorée. *Nürnberg, bei Gebr. Grunewald.*

153. ARMÉE POLONAISE au XVIIIe siècle. Réunion de 6 dessins à l'encre de Chine et à l'aquarelle sur 3 feuilles in-4.

Ces dessins représentent 18 types divers, sergent, tambour, piquier, noble polonais, soldat de la garde du roi, janissaire, etc., etc.
On y joint un dessin du même genre représentant 8 types d'officiers anglais et hollandais en 1815 ; sous chaque personnage se trouve une légende à l'encre.

154. ARMÉE RUSSE en 1880. Album de 18 photographies montées sur bristol fort, pet. in-4 oblong, demi-rel. chagrin rouge, plats toile.

Cuirassier, artilleur, grenadier, cosaque, hussard, etc., etc.

155. ARMÉE RUSSE. 1880. In-fol., oblong, monté sur onglets, dos et coins mar. rouge, tête dor.

Collection de 65 chromolithographies représentant, sous forme de trophées, les détails de l'uniforme des divers corps de l'armée russe.
On y joint la traduction manuscrite des légendes.

156. ARMÉE RUSSE : 3 vol. in-4 et in-12, cartonnés.

Dislocationskarte der russischen Armee (im europäischen Reichstheile) nebst tabellarischer Übersicht der « Ordre de bataille « und der Armeeverhätlnisse im Frieden, in der Mobilisirung und im Kriege. *Wien, Artaria*, 1888, carte. — Farbentafeln über die Uniformirung der russischen Armee. *Leipzig, Ruhl*, 1888, 20 pp. de texte et 8 schema en chromolithographie. — Die russische Armee. *Ibid.*, *id.*, *s. d.*, 20 pp. de texte et 17 chromolithographies.

157. ARMÉE RUSSE. Réunion de 11 planches de divers formats, dont 6 lithographiées et 5 gravées.

4 lithographies en noir d'après *Piratzky*. — 1 lithographie coloriée d'après *P. Vernet*. — 2 pièces gravées d'après *Gabler*, publiées à Paris, chez Bance, etc., etc.
Garde impériale, cosaques, grenadiers, mousquetaires, chasseur, etc., etc.

158. ARTARIA (Chez). Revue de l'Infanterie impériale russe, devant le Palais de la Cour à Pétersbourg. — Tableau général de la cavalerie russe. *A Vienne, chez Artaria, s. d.*, 2 pièces gr. in-fol. en largeur, gravées à l'eau-forte et coloriées.

Belles pièces bien coloriées. Légendes en allemand et en français.

159. BALACHEV. Garde impériale. Régiment des gardes de Paulowski, 1726-1876. *S. l.* (*Saint-Pétersbourg*), *Lithogr. du musée de la Direction générale de l'Intendance, s. d.*, in-fol., monté sur onglets, dos et coins mar. rouge.

Suite complète, sans titre, de 20 chromolithographies d'après *Balachev* et *Konrad*.
Les légendes sont en russe.

160. BALACHEV. Dessins d'uniformes de l'histoire du Régiment de Cuirassiers de la Garde de S. M. l'Empereur. 1702-1871. *Saint-Pétersbourg, Balachev*. 1872, in-fol., monté sur onglets, dos et coins mar. rouge.

Titre et 25 chromolithographies à plusieurs personnages, à pied et à cheval.
Titre et légendes en russe.

161. COSTUME OF THE RUSSIAN ARMY (The), from a collection of drawings made on the spot, and now in the possession

of the Right Hon. the Earl of Kinnaird.... *London, published by Edward Orme*, 1807, in-4, cartonn. toile rouge.

Beau portrait d'Alexandre Ier, gravé par *Godby*, d'après *Pinchon*, titre et dédicace imprimés, et suite complète de 8 planches gravées et coloriées, infanterie et cavalerie, représentées par des personnages très grands occupant presque toute la planche.

162. DETAILLE (Edouard). Les grandes manœuvres de l'armée russe. Souvenir du camp de Krasnoé-Sélo, 1884. *Paris, Boussod, Valadon et Cie*, 1886, in-fol., dos et coins chagrin vert, tr. jasp.

Nombreuses illustrations hors texte et dans le texte en phototypie.

163. GEBENS. Armée russe, 1854-1862. *St-Pétersbourg, au bureau de la Chronique militaire*, gr. in-fol., en feuilles.

Réunion de 23 (sur 58) lithographies en largeur, en noir.

Chaque planche, qui mesure 0[m],68 sur 0[m],57, contient 6 ou 8 personnages, qui sont tous des portraits.

164. GENTY (Chez). Costumes militaires. Infanterie russe (1815). *A Paris, chez Genty, s. d.*, in-4, en feuilles.

Suite du frontispice gravé par *Quéverdo* et de 20 (sur 22) planches gravées et coloriées, formant la première suite publiée chez Genty. La première planche, qui représente Alexandre Ier, est gravée par *Larcher*, d'après *Samson*.

Belles épreuves à toutes marges.

Les planches 15 et 21 manquent ; la planche 22 est un peu plus courte.

165. GOUBAREV. [Dessins de l'histoire du régiment de hussards de la Garde de S. M. l'Empereur, 1775-1857]. *Saint-Pétersbourg*, 1859, in-fol., monté sur onglets, dos et coins mar. rouge.

Série, sans titre, de 24 chromolithographies, à deux ou trois personnages à pied ou à cheval, dessinées par *Goubarev* et exécutées par *Konrad*.

Les légendes sont en russe.

166. GOUBAREV. Dessins de l'histoire du régiment des hulans de la garde, 1818-1876. *Saint-Pétersbourg, s. d.*, in-fol., monté sur onglets, dos et coins mar. rouge.

Titre-couverture, en russe, à la date de 1860 et suite complète de 20 chromolithographies à plusieurs personnages à pied et à cheval, composées par *Goubarev* et exécutées par *Konrad*. Les légendes sont en russe.

167. JONGH FRÈRES. L'Armée russe d'après photographies instantanées exécutées par MM. de Jongh frères. Texte et notices

historiques par MM. P. Camena d'Almeida et F. de Jongh. *Paris, Imp. Lemercier, s. d.*, in-fol., demi-rel. chagrin rouge, tête dor., ébarbé (*Couvert.*).

Portrait de Nicolas II, en héliogravure, nombreuses phototypies et 8 chromolithographies.

168. KIEL. Armée russe. 1815-1818. *S. l. n. d.*, in-4, en feuilles.

Réunion de 16 belles planches (sur 54) gravées à la manière du lavis par *Paul* et *Levachez* et coloriées. Les titres, gravés, sont en français.

4 planches sont en noir, avant la lettre ; elles sont plus courtes de marges que les autres.

On y joint 4 planches doubles en noir, AVANT la lettre, avec de petites marges.

Ens. 20 planches.

169. KOBELL. Halte de cosaques, 1804-1805. 2 planches gravées à l'eau-forte par Geissler. In-fol. en largeur.

Épreuves AVANT la lettre, très grandes de marges; non coloriées.

170. KONRAD. Dessins de l'histoire du bataillon des sapeurs de la Garde, 1812-1876. *S. l.* (*Saint-Pétersbourg. Lithogr. du Musée de la Direction générale de l'Intendance, s. d.*, in-fol. oblong, monté sur onglets, dos et coins mar. rouge.

Suite complète d'un titre et de 5 chromolithographies à plusieurs personnages.

Les légendes et le titre sont en russe.

170 *bis*. MODIFICATIONS dans l'habillement et l'armement des troupes de l'armée impériale russe à dater de l'avènement au trône de S. M. I. Alexandre Nicolaievitch. Fait par ordre de S. M. *Saint-Pétersbourg* (*Paris, chromolithog. Lemercier*), *s. d.* (1862-1880), in-fol. en feuilles, dans un carton.

Réunion de 261 chromolithographies numérotées 61 à 324, moins les planches 71, 72 et 81.

Ces planches représentent les uniformes russes en 1855 ; elles sont signées *Piratsky*.

Les légendes sont en russe et en français. La collection complète des *Modifications* comprend 704 planches.

171. ORLOWSKI (G.). Russian cries, in correct portraiture from drawings done on the spot by G. Orlowski ; and now in the possession of the R[t] Honble lord Kinnaird. *London, published by Edw. Orme*, 1809, in-4, non relié.

Suite complète d'un titre gravé par *Swaine*, et de 8 planches gravées par *Godby*, et coloriées.

172. PAJOL (Comte). Armée russe, 1856 (*Paris, Imp. Lemercier. Aug. Bry et A. Godard*), *s. d.*, in-fol., monté sur onglets, dos et coins mar. rouge, tête dor., non rogné (*Closs*).

Bel exemplaire avec une dédicace autographe du comte Pajol à M. le baron de Noirmont.

Il contient : la couverture de publication portant le nom de Daziaro à Moscou, un titre, une dédicace à Nicolas Ier, 21 planches de détails, tableaux et schéma et 56 planches lithographiées et coloriées.

On y a ajouté les 9 planches doubles suivantes, en noir ou coloriées : 13, 15, 25, 31, 34, 40, 46, 48, 50 ; elles sont absolument différentes comme fond, costumes et poses des types représentés.

173. SAUERWEID [Armée russe. 1814]. *A Paris, chez Nepveu, s. d.*, gr. in-8, monté sur onglets, demi-rel. chagrin grenat.

Recueil de 14 planches gravées à la manière du lavis, par *Jazet* et *Sauerweid*, et coloriées.

Sur les planches décrites dans le « *Catalogue de costumes militaires* », il manque : « Cuirassier russe », mais, par contre, nous possédons les planches suivantes qui ne sont pas citées dans le Catalogue : *Dragon russe, Chef de cosaque régulier visitant un poste. — Poste de cosaques sur la lisière d'un bois. — Kalmuck et kosak d'Ouralck. — Bachkir et Kosak du Wolga* (ces deux dernières pièces sont en noir et gravées par *Sauerweid*).

4 planches sont coupées au cadre et remontées, et 3 pièces ne sont pas coloriées.

Les pièces non citées au « *Catalogue de costumes militaires* » ne portent pas l'adresse de Nepveu.

174. SCHADOW. Armée russe. *Berlin, im Verlag bei Gaspare Weiss et Co., s. d.*, in-fol., monté sur onglets, demi-rel. chagrin bleu.

Réunion de 6 planches gravées à la manière du lavis par *Jugel* et *Buchhorn*.

Hussard, infanterie, artillerie. — Cosaque du Don. — Cosaque. — Cosaque, Kalmuck, Landwehr. — Kalmuk. — Baschkir.

Épreuves à grandes marges. La première a un trou raccommodé et les autres sont mouillées.

On y a joint les 6 pièces suivantes : *Gemeiner Kosack eines regulairen Ukrainer Kosacken-Pulcks*, lithographie coloriée. — *Don Cossack. — A Cossack of the Oural Mountains*, 2 pièces gravées et coloriées, publiées à Londres par Ackermann, en 1813. — *Cavallerie impériale russe*, pièce gravée et coloriée à nombreux personnages, publiée à Paris, chez Bance. — *Costumes des hommes et des femmes russes à Saint-Pétersbourg*, 2 lithographies coloriées publiées à Paris par Martinet.

Ens. 12 pièces.

175. VERNET (Pierre). Galerie militaire, ou collection complète des uniformes de la Garde impériale russe. *S. l. n. d.* (1840-1842), gr. in-fol. en feuilles.

Belle collection, très rare, comprenant 56 lithographies coloriées, imprimées par Auguste Bry, ou lith. par U. Steinbach, rue des Pois, n° 6, St.-Pétersbourg; elles sont presque toutes signées P. Vernet. Ces planches sont entourées d'un grand encadrement tiré en bistre et portent des légendes en français.

Nous ne possédons que 38 planches (sur 56).

Une des planches est avant l'encadrement.

176. WEBER. [Armée impériale russe.] *In Augsburg, bei Fr. Thom. Weber & C. Schleich,* 1799, in-4, monté sur onglets, demi-rel. chagrin grenat.

Collection de 6 planches gravées d'après nature par *Thomas Weber* et coloriées; elles représentent, sous forme de tableaux, divers uniformes de l'armée russe.

Ces planches sont courtes de marges et tachées; elles sont montées sur bristol.

IX. — AUTRES PAYS

177. L. O. La Garnison hollandaise se défilant après la reddition de la Citadelle d'Anvers, le 2 décembre 1832. (*Paris*). *C. Motte. s. d.*, in-fol. en largeur.

Pièce lithographiée par *L. David*, et coloriée.

On y a joint: 4 planches du « *Musée populaire de Belgique* »; elles représentent, chacune, plusieurs personnages à pied ou à cheval.

178. BERGH (Th). Danske Uniformer. *S. l.* (*Kjobenhavn*) *Fr. Wöldikes Forlags-Expedit., s. d.*, pet. in-4, monté sur onglets, demi-rel. chagrin rouge, plats toile.

Titre et 14 petites lithographies coloriées, montées sur bristol bleu: elles sont sans légendes.

179. VAUPELL (Otto). Den Danske haers historie til nutiden og den norske haers historie indtil 1814. *Kjobenhavn, F. Hegel*, 1872-1876, 2 vol. in-8, cartonn. toile rouge, non rognés.

Cet ouvrage est orné d'un frontispice, de 7 cartes ou plans et de 35 lithographies par *F.-C. Lund*, coloriées, représentant des uniformes danois de 1578 à 1709.

180. NORDMANN. Svenska armeens och flottans nuvarande uniformer. *Stockholm, P.-A. Norstedt & Söner*, 1864, in-fol.,

monté sur onglets, dos et coins chagrin rouge, tête dor., non rogné.

32 chromolithographies de costumes de la flotte et de l'armée suédoises par *Nordmann*, suivies d'un texte historique par *J. Mankell.*
Cette suite est complète, mais n'a pas de titre.

181. ARTARIA (Chez). Des trouppes turques en campagne. Le Grand-Seigneur à la revue de ses janissaires. *Vienne, chez Artaria et Comp., s. d.*, 2 pièces gravées à l'eau-forte et coloriées, in-fol., en largeur.

Épreuves très grandes de marges.
Légendes en allemand et en français.

182. DJEVAD BEY (A.). Etat militaire ottoman depuis la fondation de l'empire jusqu'à nos jours. Tome I : Livre premier : Le Corps des janissaires depuis sa création jusqu'à sa suppression. *Constantinople et Paris, Leroux,* 1882, in-8 et album in-4, oblong, cartonn. toile rouge, ébarbés.

L'album contient 17 lithographies, dont 8 de costumes et 9 d'armes et armures.

X. — OUVRAGES DIVERS.

183. AMMAN (Jost). Réunion de 37 figures, gravées sur bois, sur 23 ff., dont 14 ff. imprimés des deux côtés. Elles proviennent de la première partie du *Kunst und Lehrbüchlein,* publié à Francfort en 1578. Pièces remontées en 1 vol. in-4, oblong, demi-rel., chagrin bleu foncé.

Ces pièces représentent des cavaliers, des femmes montées à cheval, des soldats, etc.
Quelques-unes sont légèrement tachées.

184. ARTILLERIE (De l') au XVIe siècle. *A Paris, chez Anselin,* 1829, in-8, 100 pp., demi-rel. veau fauve (*Closs*). — Organisation militaire des romains. *S. l. n. d.*, in-8, 124 pp., texte allemand, sans titre, cartonn. demi-toile rouge. — Ens. 2 vol.

185. BERRY (Le Duc de), ou vertus et belles actions d'un Bourbon. *A Paris, chez Papy Descabane,* 1821, in-4, cartonn. demi-mar. rouge (*Cartonn. ancien*).

Titre, portrait du duc de Berry gravé par *Jazet,* d'après *Colin* et 11 planches gravées à la manière du lavis par *Jazet, Paul, Charron* et *Hocquart*, d'après *Fragonard, Chasselat, Desenne, Martinet*, etc., numérotées 2 à 12.

Sans le texte.

186. CAUSSÉ (P.-C.). Album du marin, contenant les diverses positions du bâtiment à la mer. *A Nantes, publié par Charpentier,* 1836, in-fol. oblong broché, non rogné.

Texte imprimé et 36 lithographies.

187. FAUCONNERIE. Exposition universelle internationale de 1889 à Paris. Catalogue illustré par S. Arcos, Rd. Balze, Malher, Vallet, etc. *Paris, Léopold Cerf,* 1890, gr. in-8, dos et coins mar. vert, tête dor., non rogné.

188. FEMMES TURQUES. Dessin à l'encre de Chine et aquarellé, in-4, en hauteur.

189. LINDENSCHMIT (Ludwig). Die vaterländischen Alterthümer der Fürstlich Hohenzoller'schen Sammlungen zu Sigmaringen... *Mainz, Verlag von Victor v. Zabern,* 1860, 103 figures dans le texte et 43 planches lithog. hors texte. — Tracht und Bewaffnung des römischen Heeres während der Kaiserzeit, mit besonderer Berücksichtigung der rheinischen Denkmale und Fundstücke. *Braunschweig, F. Vieweg,* 1882, 29 pp. de texte et 12 planches lithog. — En 1 vol. in-4, demi-rel., mar. rouge, tête dor., non rogné.

190. MARQUARDT (Joachim). De l'organisation militaire chez les romains : traduit avec l'autorisation des auteurs sur la deuxième édition allemande revue par M. A. v. Domaszewski, par J. Brissaud : avec 13 bois et une planche. *Paris, E. Thorin,* 1891, in-8, dos et coins mar. noir, tête dor., non rogné.

191. MONTROSIER (Eugène). Les Peintres militaires, comprenant les biographies de MM. de Neuville, Detaille, Berne-Lacour, Dupray, Jazet, Couturier, Sergent, etc., etc. Dessins et lettres ornées d'après les originaux des artistes. Têtes de pages par G. Fraipont et 20 planches en photogravure par Goupil et Cie. *Paris, H. Launette,* 1881, in-8, dos et coins mar. La Vall., tête dor., non rogné.

Exemplaire auquel on a ajouté un récit de la bataille de Champigny et une grande vue du panorama de la bataille par Alph. de Neuville, gravée sur bois.

192. REIBISCH (Friedrich Martin von). Der Rittersaal. Eine Ge-

schichte des Ritterthums, seines Entstehens und Fortgangs, seiner Gebräuche und Sitten. Artistisch erläutert von Friedrich Martin von Reibisch ; historisch beleuchtet von Dr. Franz Kottenkamp. *Stuttgart, Druck und Verlag von Carl Hoffmann*, 1842, in-4, oblong, cartonn. toile noire, fers spéciaux des éditeurs.

170 pp. de texte et 62 lithographies coloriées, avec rehauts d'or et d'argent, représentant des armes, armures, tournois, etc.

CHARTRES. — IMPRIMERIE DURAND, RUE FULBERT.

www.ingramcontent.com/pod-product-compliance
Ingram Content Group UK Ltd.
Pitfield, Milton Keynes, MK11 3LW, UK
UKHW021035180726
13838UKWH00004B/1808

9 782329 348117